U0002277

活寶

烏龍院　精彩大長篇

16

漫畫
敖幼祥

人物介紹

烏龍院師徒

長眉大師父

面惡心善的大師父，不但武功蓋世內力深厚，而且長眉毛的直覺奇準。

大師兄阿亮

體力武功過人的大師兄，最喜歡美女，平常愚魯但緊急時刻特別靈光。

烏龍小師弟

鬼靈精怪的小師弟，很受女孩子喜歡。因曾受活寶附身，對活寶有特殊的感應。

大頭二師父

菩薩臉孔的大頭胖師父，笑口常開，足智多謀。

活寶「右」「左」

活寶「右」為長生不老之陰陽同株的「陰」，活寶「左」為陰陽同株中的「陽」。「右」和「左」歷經劫難，以為就要共同重返斷雲山，卻又再度被藥王府的老沙克擒獲，現分別附身在貓奴和沙克・陽身上，靈力則附著於沙克・季身上。

沙克・季

煉丹師沙克家族總堂，藥王府的藥物專家，精通各種藥物以及解毒方式，因治療了曾進入秦王陵墓而身中劇毒的竊者，而獲得秦王陵墓路線圖，並且因為「提靈煉精」的過程出錯，意外成為活寶靈力的附身者。

沙克・陽

煉丹師沙克家族的唯一繼承人，因為其強大的野心，甘心讓活寶「左」附身，卻不料反被「左」所控制，成為傀儡。被老沙克以菌月粉控制後，原打算以「提靈煉精術」進行分割，卻不料過程出錯，反倒被冰封住。

老沙克

人稱沙克老爺，是沙克・陽和沙克・季的父親，但因為沙克・季年輕時曾遭逢意外導致下半身癱瘓，所以格外偏愛沙克・陽。和沙克・陽一樣，因為「提靈煉精術」的出錯，被冰封在「太乙凌虛洞」中。

貓奴

曾為青林溫泉龐貴人的傳令，身手靈活武功高強，，一心想為被活寶「左」殺害的龐貴人報仇，所以找上了正被「左」附身的沙克‧陽，卻不小心愛上他，還因緣際會被活寶「右」所附身，跟著一起被冰封住。

馬臉

被沙克‧陽殺害的胡阿露的手下，因為無法再侍奉沙克‧陽，轉而投靠沙克‧季，與其一同密謀復仇。自稱為武林萬事通。

無塵、有儉

沙克‧陽的左、右護法，武功高強、手段兇殘，對沙克‧陽極盡忠誠。目前兩人都因「提靈煉精術」的出錯，被冰封在「太乙凌虛洞」。

辣婆婆

烤骨沙漠中「一點綠」客棧的老闆娘，手中持有唯一能奪取活寶性命的武器「天斧」的頭部部分，因而與「活寶爭奪戰」扯上關係。

貓姥姥

「貓空」的祭師，對活寶的身世瞭若指掌，領導一群包括貓奴在內的徒弟，在貓奴小時候將她送去服侍龐貴人，對貓奴寵愛有加。

小西瓜

「一點綠」客棧的服務員，平常追隨辣婆婆，但心地善良的她，有時也會與辣婆婆持相反意見。

八斤

貓奴身邊的貓，深具靈性，常以失控的行為表達意見，缺點是毫無方向感可言。

包整

刑部尚書大人，新官上任三把火，因調查林公公失蹤於斷雲山事件，懷疑整件事並不單純，進而捲入「活寶爭奪戰」中。

蔡捕頭

石頭城第一名捕，辦案認真、大公無私，和烏龍院交情良好。因為新任刑部尚書的嚴格要求，有時會有不服氣的情緒出現。

藥王府三大總管

分別為文庫總管司馬字、財庫總管王慶永和藥庫總管丁思照，握有進入三大庫房的鑰匙，平時雖受令於老沙克，但現已見風轉舵，為沙克·季所管。

六少主

煉丹師六支派的第二代少主，因為其掌門被老沙克召去參加煉丹後，皆一去不返，便集合起來到藥王府找人。

目錄

第 117 話

煉丹師少主齊現身

雙方人馬長驅直入藥王府皆為尋人

大師父，藥王府到啦！

咦…

咦?

PEA

EEEK

為什麼?

我會…

睡在你的腿上?!

上車就一直睡!

叫也叫不醒…

啊!是嗎…

藥王府快到了,準備行動吧!

哇！真巧！本總管也是四川人。

但是聽你的口音倒像是個東北人？

是嗎？

咳
咳
咳

阿阿阿！說得好！說得實在太對囉！

五湖四海走透了唄，鄉音自然就改變囉！

嗯！他的母親倒是一看就知道是個四川人。

我老媽？

我不是他媽…

噓！別在這裡發飆，會曝露身分的！

你們有帶採購單嗎？

有，在這裡。

紅棗半斤，甘草七兩！

黃蓮五錢，枸杞少許……

開什麼玩笑？藥王府是大宗盤商，最小的一包也有五十斤！

你們到底是不是幹這行的？

唉～

是六支派的
二代少主！

本派掌門前些
日子被老沙克
召來參加煉丹
至今未歸！

有什麼事也
應該告訴我
們一聲吧！

對呀！連個消
息都沒有！

今天一定要
給我們一個
交代！

什麼意
思嘛！

快說！到底
人在哪裡？

這……

不要吞吞吐吐的！快點說呀！

呃……關於這煉丹之事……

煉丹過程發生了意外……

哦！

你說什麼？

發生了意外？

不可能！

六支派掌門武藝高強，怎麼會一起發生意外？是你們在搞陰謀吧？

請你們沙克老爺出來解釋！

很遺憾！老爺子他也發生了意外……

新任的莊主
是大少爺,
沙克‧季。

哦!我沒聽錯吧?
居然是那個雙腿不
能走路的廢人?

哇！你要害我絕後啊！

別……別過來！

你想怎麼樣？

小夥子！

回去把奶吃足了再出來混吧！

總管！是誰在鬧事？

快！

就是這六個！

嘗嘗我雙鉤爪的厲害！

哇!

DANG

DANG

指南銅環!

這裡有個女的!

先把她拿下!

想挑軟柿子吃嗎?

那你們就找錯對象啦!

寶塔雙節棍!

呵呵！寶塔妹妹超猛！

飛蛾劍出鞘！

哇！我的
褲子……

看來藥王
府是出大
狀況了！

煉丹師內部發
生爭產事故。

也就是說
活寶有難？

住手！

天哪！是葫蘆幫的馬臉！

她怎麼會在這裡？被她認出來就糟了！

我們趁亂溜進去，到朝陽樓尋找線索吧！

閃人！

第 118 話

張烏眉緊盯藥王府

趁亂而入一行人喬裝打探貓奴下落

我們上次走的就是這條路。

葵園。

對！我們就是跟蹤沙克·陽，從這裡進去的。

朝陽樓燒燬了！

大師父！活寶是不是被燒死了…

恐怕已經燒成了灰，我們也無力挽救啦！

唉！

活寶……

那這些灰燼，哪些才是他們的呢？

真沒想到結果是這樣！

好可憐喔！

喵喵喵喵喵喵

好吵！

這隻肥貓吃飽了就會亂叫！

喵喵喵喵喵喵喵

喵喵喵

討厭！

別再叫了！沒東西給你吃了！

不對！貓平常吃飽了都會睡覺的……

總覺得牠這樣子有些異常！

好像有什麼事要告訴我們！

MEO

喵！

過去看看！

難道是這裡發生什麼事？倒地的人被其他人架走了？

而且足跡紛亂，有兩個不同的人留下的腳印……

會不會是沙克・陽暈倒在這裡？

我怎麼知道！

如果真是這樣，那就表示活寶沒有被燒死！

對噢！

那麼和沙克・陽在一起的人又是誰呢？

這隻肥貓想幹嘛?

喔!你還真不是普通的重…

剛才牠也是這樣狂叫。

好像想說些什麼!

急死人了!

你師父怎麼不回答牠呢?

我師父又不是貓!

噴!叫你師父回答呀!

是啊！

實在沒有頭緒……

假髮悶得頭皮發癢！

喂！張烏眉！

大師父趕緊把假髮戴上！

快點！

噢阿！

是藥王府的財總管啊…

你跑哪去了，正想跟你答謝哪！

剛才那夥人來鬧，多謝你攔下來。

噢呵！

小意思啦！舉手之勞⋯⋯

很奇怪嗎？

嗚～

你的頭髮⋯⋯

哈啾～

把馬拉好！真是髒！

哈啾～

哈啾～

這匹馬是怎麼啦？

好像是得了重感冒！

唏嚕⋯⋯

自從大少爺騎牠回來之後，就抖成這個樣子…

喵嗚～

喵嗚～

哈啾！

四肢寒顫，鼻水直流。

他是從何處回來？會讓馬凍得這麼嚴重？

「太乙凌虛洞」，我家老爺煉丹的地方！

太乙凌虛洞？

！

喵喵喵

不如這樣吧！你把這匹馬賣給我。

啊？這種廢物你也要嗎？

本人與愛貓都是慈悲為懷的保護動物主義者。

MEO

能夠拯救一條馬命，也算是做功德、行善事嘛！

大師父什麼時候成了保護動物主義者了？

老小子打什麼主意？要買一匹待宰的馬？

你們賣給馬肉販子多少價錢？

五千。

呼嚕

搶錢哪！一客頂級牛排才三百！

身上沒這麼多鈔票……

先把貓押給你？

老太婆請妳先付錢吧！

AA…

真是不好意思！藥材沒賣成，反而賣匹馬！

哈啾！

搞什麼！沒錢還要充胖子！

好啦！就交給你們了！

行！沒問題！感謝總管的割愛！

哎呀！

你給我解釋清楚！為何要買下這匹馬？

你沒聽見剛才總管說了，這匹馬是沙克大少爺從煉丹之地騎回來的嗎？

如果活寶是被老沙克抓走，就一定是被帶去這個煉丹之地。

對噢！讓這匹馬帶我們去！就能找到活寶了！

有句成語叫做「老馬識途」，懂了嗎？

唷！好有學問呢！

喵

喵

喵

那我想請問你，

這匹馬抖成這樣，是能帶我們去哪裡？

回答呀！

啊……

MO～

像這種難題，當然是交給大師傅解決了！

噢～

方法當然有，只不過還沒想出來。

哼！

這匹馬的脈氣非常虛弱……

我推斷牠是中了非常重的陰毒。

現在只有用我的祕方來試試看了!

用地獄谷的「超辣川王丸」給牠逼出寒氣。

看唄!還是咱們的師父英明。

…

捉緊馬頭,我要塞進牠的鼻孔裡!

塞吧!

酷!

變成超級猛馬了!

好啦！
好啦！

別舔了！

你 能不能

帶我去

那個山洞？

太好啦！

啡！

KA！

事不宜遲！你們三個快去駕著駱駝跟著我，前往凌虛洞！

沒想到那些人會花錢買那匹病馬。

真是有夠傻的。

嘿嘿！

你們很機靈，知道要多開兩倍價格。

全是總管平時教導有方！

第三眼迸射雷射刀

瞬間切豆腐般穿透六芒少主的身體

凌虛洞天斧劈活寶

大師父持斧劈活寶小師弟挺身阻止

喵嗷！

蹭！

八斤！

哎唷！

喵
喵
喵

大家當心！
這裡已經被
陰氣籠罩！

空氣好冰冷啊！

肥貓似乎認得
這個地方？

啊！前方洞裡隱藏著死亡殺氣！

大家都當心！

這些人都被冰封了!

天啊!好恐怖!

這裡曾經發生過激烈的打鬥!

這些人像是在衝向洞口時被瞬間冰凍的!

我走到前面看看!

嗯

啊!這個人不就是左護法無塵嗎?

連他也被冰封了!

唉!

武功再高也難逃劫數。

真是沒想到，貓奴竟然會變成了活寶右的附身。

她人很好！都是因為她，我們才會來尋找活寶的。

看起來很漂亮，只可惜已經死翹翹了！

哦！這個女孩就是貓奴？

沒時間在這裡哭哭啼啼了！

取出天斧，劈了活寶永絕後患！

長眉！
你來砍！

啊！

這傢伙若劈下去，恐怕連人都斬斷了……

什麼！貓奴也得犧牲？

他們兩人都必須犧牲！

這樣太殘忍了……

礙事的貓！
閃開！

喵！

喵！

哎呀！

走開呀！

喵～

快放手！

快動手
長眉！

喵！

劈開活寶

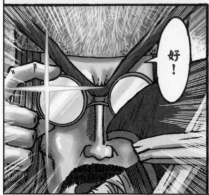

好！

哇！

真的發出
光芒了！

一定是被天斧逼出
了求生的意志！

「左」是在哀
求你不要殺死
「右」……

大師父手下留情！

貓奴是無辜的！

或許可以把貓奴救活啊！

啊！

喵！

不要感情用事！要理智呀！

嗚…

好可憐……

我也要去幫他！

小西瓜！妳給我回來！

老太婆！妳自己去砍吧！

長眉，怎麼連你也心軟啦？

用力點！

冰太厚了！

喵！

八斤又怎麼了？

嗯？

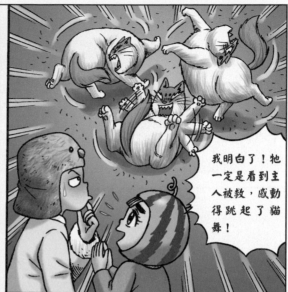

我明白了！牠一定是看到主人被救，感動得跳起了貓舞！

行了！他們身上的冰已經融開了！

呼～

咦……

真是不可思議呀！

冰凍了這麼長的時間，身體竟然還是溫熱的……

剛才活寶乍現微光，就代表氣息尚存……

嗯！死不了！死不了！

SLAM

你幹嘛打我？

臭老頭！一把年紀了還想吃豆腐！

什麼？我是……

此地不宜久留，趕快撤出去吧！

哇噢！

這小子真重！

大師父是不是想抱貓奴？

你別亂說……

喵！

第 121 話

辣婆婆裸睡度危機

山道狹路相逢長眉臨場出了餿主意

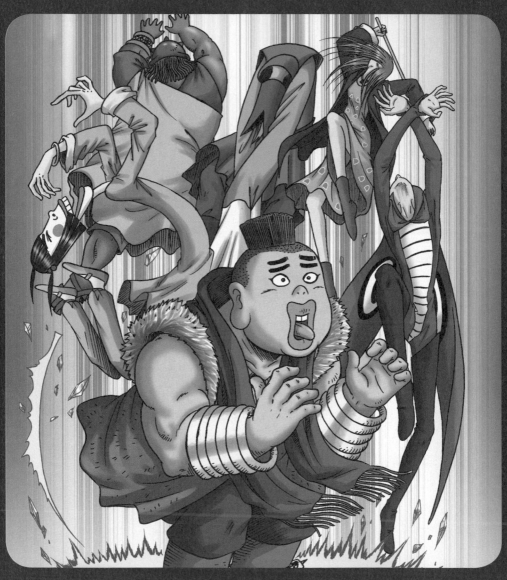

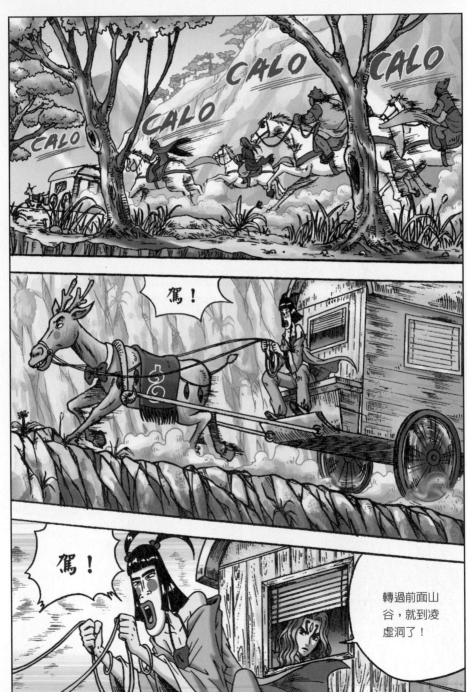

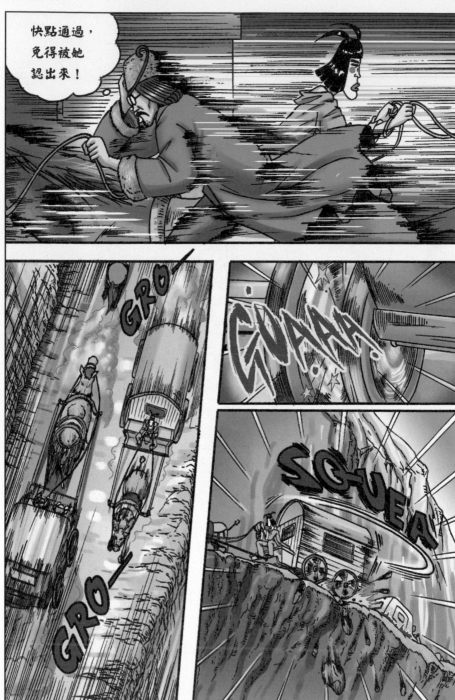

緊急煞車！

媽媽咪呀！

啡！

Zi----

停！

停！

停！

Zi......

差點撞上了！

哇塞！

掉下去還得了！

叫他們不要擅自行動！

喔！

喂！
回來！
回來！

哇！全跑遠了……

就在前面！

CALO

CALO

哇！

ZAAAAAAAAA

BON!

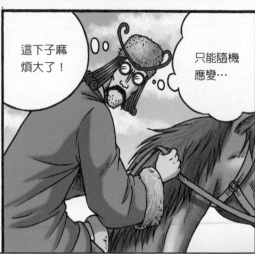

這下子麻煩大了！

只能隨機應變…

噢！我老婆在車子裡睡覺！

對！她睡得很熟、很熟喔！

啊！必須配合他……

呼嚕

呼嚕

呼嚕

……

……

你過去看看！

嗯！

糟糕！

得快點想辦法……

不然就完了……

我老婆喜歡裸睡!你千萬不能開車門哪!

裸睡?

這個死長眉!分明是在整我嘛…

哼!想唬我?把我當笨蛋騙嗎?

KA

不能開門哪!

你要注意維護煉丹師的社會形象!

侵犯婦女隱私是很嚴重的!

少唬我!

車子裡一定藏著好料!

咔!

哎喲……看不
下去了……

嗯！

呼……

呀……

喂！怎麼
樣啊？

沒有！沒有！
什麼都沒有！

絕對不能說出去！江
湖朋友若知道此事，
肯定會笑掉大牙！

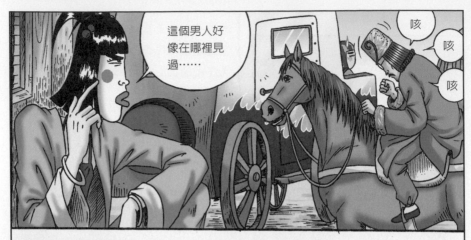

這個男人好像在哪裡見過……

咳 咳 咳

嘖！真是愈看愈眼熟！

他好像是……

快閃！

喂！

你給我站……

不要再耽擱了！快點前往凌虛洞！

啊！好的、好的！馬上走！

原來妳用外套把他們罩起來了！

哼！

真虧妳想得出來！

好！趕緊先帶他們回烏龍院吧！

CALO— CALO— CALO—

凌虛洞

不見了！是誰帶走了弟弟和貓奴？

這些冰是被融解之後又再重新凍結的！

什麼人會有這種能耐？

難道是剛才在
山道上遇到的
那些人？

他們會
是誰？

父親有看到是誰
劫走了你的寶貝
小兒子嗎？

嘖！

多謝父親大人成全。

父親不介意，我從你身上取回提靈煉精的殘頁吧！

反正，你也用不到了。

哈啾！

怎麼搞的？這麼久還沒出來！

啊！

哎喲！莊主終於出來了！我快凍僵啦！

趕緊上車離開這個鬼地方吧！

我問你們！

剛才在山路上攔住的是什麼人？

不認識！

只是和他們在藥王府交過手！

那個黑眉毛的怪客武功很強！

咱們六戒兄弟根本不是他的對手！

你們有看到車子裡裝的是什麼嗎？

是他上前去查看的。

只有他看到。

對呀！

你問他。

呃……這個嘛……

是的……我……有看……

快說呀！莊主在問你話！

哇·哈·哈·哈·哈·哈

你有看清楚嗎？
車內沒有其他人？

啊！

呃……我……只
看了一眼就把門
關上了……

莊主這樣問話，難道懷疑車上還有其他人？

我弟弟和那個女的被人從煉丹台上帶走了。

是誰那麼厲害？

會不會是剛才那影人？

我就覺得那個黑眉毛的怪客行蹤詭異！

我也覺得他那道蚯蚓眉很面熟…

實在是超像烏龍院的長眉……

烏龍院？

莊主,要不要我騎快馬去追?

行!你去查清楚那輛車。

他們到底有沒有帶走這兩個人。

如果追不到,你就前往烏龍院去找人。

明白了嗎?

是!我一定會找到他們的。

指南!你跟我去!

好啊!

好痛呀！
我的背……

得趕緊想個辦法除掉這個鬼東西。

看了真是令人發毛!

你進入冰封的洞裡有沒有找到東西?

這張紙是從父親身上取出的「提靈煉精」殘頁。

哦?

陰陽乍變解救三法?

一、吸取陽男之血,暫退陰氣。

二、吞食秦王墓中之麒麟膽,逼出陰體。

三、佈八極陣,再次提靈煉精,混元歸一。

吸取陽男之血，還要吞食麒麟膽？

這些方法都太困難了吧！

現在連熊膽都很難買到呢！

咦？這張解救方法的下方還有一小段提示……

什麼！以上三法純屬推論，缺乏臨床實驗，用者要三思！

這些老煉丹師也太混了！隨便寫寫也算是解救之法嗎？

你們這些小煉丹師有更好的方法嗎？

無論如何，我們一定要先保住莊主的原力！

第 122 話

猙獰黑影至烏龍院

前腳剛踏進門後面就跟著兇惡狼群

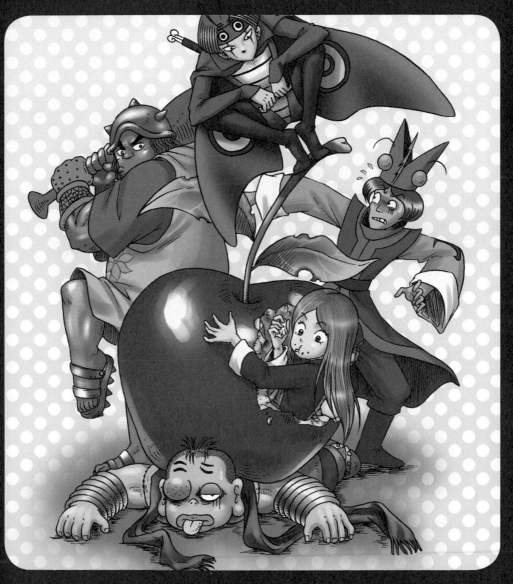

整條進，整條出！只剩骨頭！

而且還是生吃！真是夠腥！比貓還強！

啜 啜 啜 啜 啜 啜

強 強 強

喂！你不去做菜嗎？我晚上吃什麼呀？

貓姥姥帶來的那個胖姐姐正在廚房弄哪！

你竟然讓客人去做菜？

有人做菜，我只要等著開飯，感覺超幸福的呢！

是不是大師父不在，你就開始皮癢了？

大師父是史上最大的米蟲。

你說話小心點！

紅燒魚尾

剁椒大魚頭

黃鱔煲飯

超好吃！好想整碗吞下肚！

妳真能幹！留在烏龍院吧！

那我怎麼辦？

你就嫁給她唄！

嗯～

喵！

八斤回來了！

喔！

啊！

你們有找到貓奴姐姐嗎？

喵！

喵！

看到魚就没有形象地抓狂猛吃！

臭肥貓！

阿亮！

大師父也回來啦！

阿亮呢？又去偷懶了嗎？

躲在門後面幹什麼？想嚇我嗎？

大師父！

我…

趕快把這兩個人抬進去。

這邊！這邊！

直接抬進廂房！

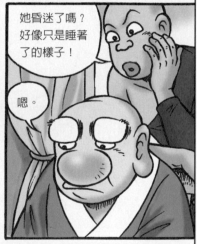

她昏迷了嗎？好像只是睡著了的樣子！

嗯。

他們兩人的脈息非常弱……

喵～

貓奴什麼時候會醒過來？

貓奴的生命有危險嗎？

有什麼祕方可以救貓奴嗎？

貓老太婆真聒噪！你以為烏龍院的師父是神仙嗎？

能夠活著就好啦！慢慢再想辦法吧！

目前暫時還不清楚煉丹師對他們施了什麼法術。

但是可以肯定的是，當時在洞裡一定出了很嚴重的意外。

山洞裡所有人都在瞬間被凍斃！

只不過洞口大門是從內向外爆裂的，所以或許有人倖存下來……

那又會是誰呢！

慶幸的是活寶的本尊仍然完整無缺。

而且還曾經兩次發出閃光。

糟！假鬍子黏得太緊了……

我來幫你撕。

喂！輕一點……哎呀！

我們進去烏龍院
摸個清楚吧。

行！

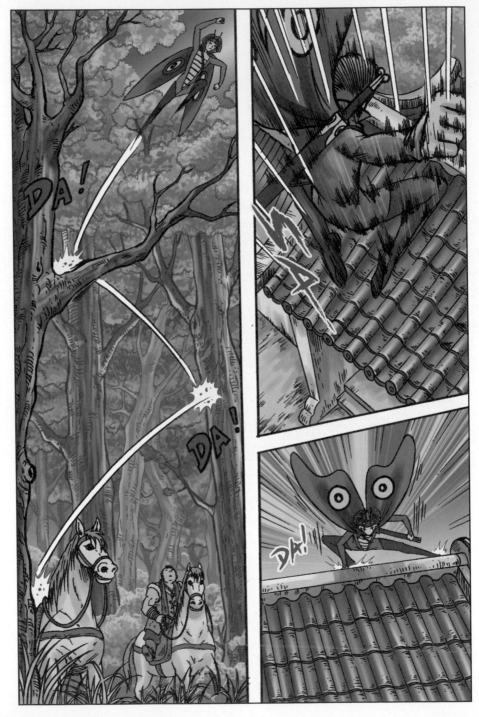

咦？

指南沒有跟來嗎？

蛾繭！我在這裡！

人呢？

我太重了，跳不動哪！

你下來幫我推一把！

你這隻豬…

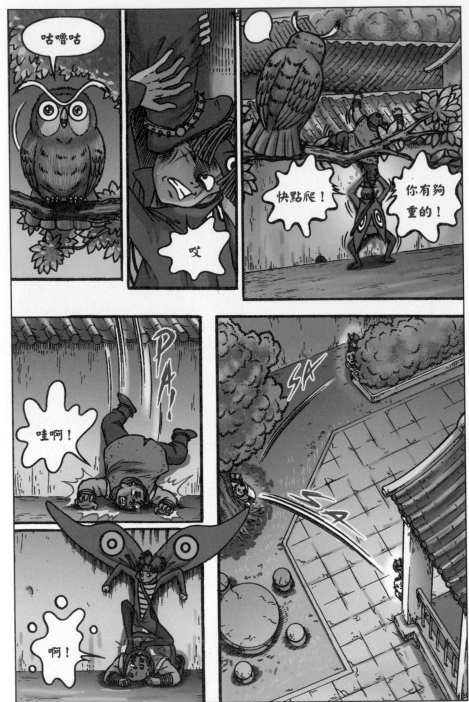

你看那邊院子裡停著兩輛車。

啊！就是那輛駱駝車！

附近沒人，過去瞧瞧！

嗯！

哇嗚！

噓！小聲點！

PA!

車裡面是空的,什麼也沒有。

那個老太婆就躺在這車廂裡!

嗅!

地板上有水漬!

水漬未乾!他們曾經從冰封的洞裡搬東西上車!

辣婆婆請這邊來！

有人來了，快躲進車裡。

PA!!

大師父吩咐，請二位今晚睡這間房。

你們院裡的房間乾淨嗎？會不會有蟑螂？

真囉嗦…

放心！怎麼會有蟑螂呢！

對呀！房間超舒適的。

只不過半夜
會有蜘蛛爬
上床！

枕頭底下有蜈蚣
要吸妳的血！

啊！

那我就可以好
好睡一覺了。

我看你們兩個才像
「蛤蟆兄弟」！

他們是騙妳
的,快進屋
去吧！

噢！

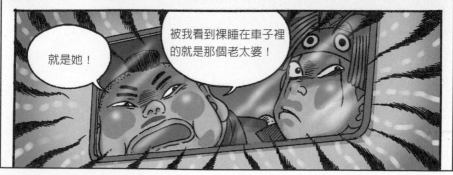

被我看到裸睡在車子裡
的就是那個老太婆！

就是她！

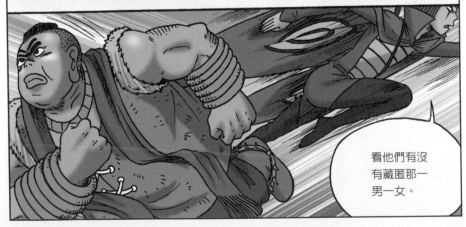

長眉師父，貓奴姐姐能好起來嗎？她會有生命危險嗎？

呃！

這個嘛…

有些領域極其奧妙！需要時間去探索。

所以這個……

問也是白問！他的意思就是他也不知道！

看到他們昏迷的樣子，我真是心痛呀！

嗚

咽

哭哭啼啼又管用了嗎？

就讓沙克‧陽和貓奴在烏龍院靜養吧！

那兩個人果然是被他們帶來這裡。

他們會藏在這間屋子裡嗎？

進去搜！

嗯？看起來像是間書房。

喔！竟然有限量珍藏版的《鐵扇公主寫真集》

我夢寐以求想買的書。

居然在烏龍院的書櫃裡……

叔叔是誰？你也是烏龍院的人嗎？

防狼辣油
噴劑！

BASS

辣斃啦！滿臉灼熱！

什麼事大呼
小叫的？

偷窺大色狼！

皺皮老太婆！

你有種給我
再說一遍？

皺皮婆，
皺皮婆，
皺皮婆，
皺皮婆，
皺皮婆。

皺皮婆！

書房失火啦！
我的武功祕笈！

我的醫學
寶典！

我的辣妹
寫真！

我的活寶
漫畫！

本人難道不如
一本書嗎？你
們烏龍院也太
有氣質了吧！

指南！
快點撤！

噢
！

好慘哪！我最寶貴的《如來神掌》拳譜！

為什麼要放火燒書房？

《鐵扇公主寫真集》燒成一堆灰了。

因為你們烏龍院有色狼入侵，辣婆婆才被逼得發功！

嗯！

色狼？

小西瓜妹有受到傷害嗎？

不是我啦！他是衝著辣婆婆來的！

噢！

色狼有受到傷害嗎？

喂！你這是什麼意思啊！

剛才有看到一個長得像猩猩的人。

對呀！就是他！有抓到嗎？

呃……

阿亮，那個人呢？

問我？

我一路跟著大師父英明的腳步跑來這裡，請大師父回答。

跑掉啦！

剛才看到兩個人鬼鬼祟祟翻牆出去。

喵！

他們是藥王府派來的。

肯定是來查沙克‧陽與貓奴的下落。

沒想到這幫人這麼快就追到烏龍院了。

此地已不宜久留，必須立刻轉移陣地！

不如跟我回去地獄谷？

馬臉現在投靠到藥王府，她對我們的行蹤很了解……

對呀！她比狐狸還要精！

我建議去一個地方，那就是貓奴以前侍奉她主子「龐貴人」所住之處——「青林溫泉」。

喵—

去那裡幹什麼？龐貴人已經被「左」一掌壓扁於石壁上。

龐貴人與活寶有一段解不開的祕密因緣，或許會對拯救貓奴有幫助。

對呀！而且已經雜草叢生，荒蕪不堪。

祕密？又是祕密？為了活寶我已經聽了太多祕密！

對呀！祕密聽太多，耳朵都長繭了。

這個祕密或許和她生前藏有巨額的秦代古金幣有關。

哦～

這個祕密好！我有高度的興趣！

 烏龍院 精彩大長篇

183

大師父一聽到金子，兩眼就發光。

眉毛好像觸電一樣。

像是大黃蜂看到桂花蜜。

兩位愛徒有什麼高見嗎？

為師是很開明、很民主的。

沒有

意見

大頭，你有意見嗎？

我？

在長眉英明的領導之下，我認為決策就是真理。

HO HO HO

狗腿…

兩個徒弟留守烏龍院，其他的人即刻起程。

速將沙克·陽和貓奴搬上車，前往青林溫泉。

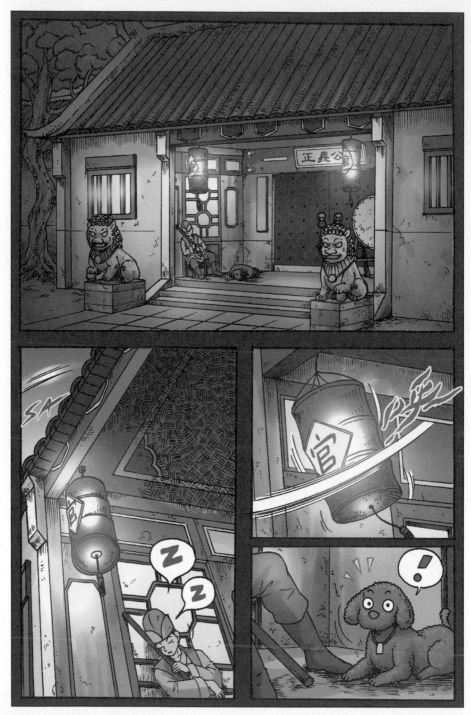

他口口聲聲說得到了活寶，但結果也只不過如此而已。

對呀！什麼陰陽乍變嘛！我看簡直就是「陰陽怪氣」。

當心你們的閒言傳到他耳裡去！

別忘了六戒兄弟最後是什麼下場！

有沒有追到那輛車？

喂！你們兩個！

我們追到烏龍院，車子就在裡面！

哦！有看到沙克·陽和貓奴嗎！

正當我要進入時，他就被發現，所以就撤了。

那是因為…

突然之間那個…

沒關係的啦！現在調動人馬，去搶回來！

蠢蛋！

你都曝光了，他們還會在烏龍院傻等嗎？

那、那現在…要怎…麼辦？

你們先去把他們給我綁回來！

看清楚這三個人。

幹…幹什麼綁架這些人？

莊主要吸他們的血…

第 123 話

蔡捕頭面臨大壓力

刑部包大人下達了限期破案的命令

包大人到！

有這種事？

什麼？

去叫蔡捕頭立刻向我回報！

PA!

是！

小趙，你幫我看一下這張畫！

我畫的關公有沒有正哪？

頭太大了，

而且還是個鬥雞眼…

為什麼要在正義公堂的牆上畫關公呢？

關公乃中國武神，忠肝義膽，可以鎮魔驅邪！

蔡捕頭！

包大人叫您過去。

「叫」我過去？

哼！

沒看到我正在忙嗎？

喲！

大家早！ 大家早！

他們好像把咱倆當成透明人了！

占用咱們的辦公室，我們反而成了外人…

包大人！蔡捕頭來了！

嘖！

包大人！叫我過來有何要事？

昨天晚上城裡失蹤了三名年輕男子。

你可知曉？

知道啊！

都是我接受報案的。

哦？

喔！真的！

我倒是沒注意！

小趙，你去戶籍檔案室調出這三個人的資料！

明白！

哈哈！或許這三個人去桃源三結義了！哈哈……

包大人太多慮了吧…

一個晚上失蹤三名同年同月同日生的年輕人！

這種奇事不會是巧合吧！

不要風吹草動就疑神疑鬼的嘛！本地治安向來是不錯的……

是的！沒有備份…

！！

你們這些土包子…

還當什麼地方刑警！

土包子

你們即刻對遭竊的第四個檔案進行調查！

有線索隨時向我報告！

是！

包大人真是不給面子！居然在大家面前罵我土包子！

他怎麼會了解地方刑警有多麼辛苦！

捉小偷、抓強盜、辦命案，都得我來管！

酒鬼鬧事、流氓打架、夫妻失和、父子翻臉，也得我來管！

上週還幫小狗接生！唉！人民褓姆難為呀！

算了、算了！喝杯茶消消氣！

茶

店小二！來兩杯珍珠奶茶！

歡迎光臨！請品嘗本店最新推出的「活寶人參茶」，保肝、健胃、提神醒腦、潤喉、爽聲養顏美容…

自從武林八卦周刊爆料之後，掀起一股「活寶流行潮」！

生意人真是會抓商機…

吸

哇啊！吸到什麼怪東西？

很忌妒ㄋㄟ！中了獎還裝得一副臭臉…

就是嘛！

工作壓力大，還被長官罵。

昨天失蹤了三個年輕人，被上級要求破案。

才三個人而已嘛！

上次石興中學全班三十人失蹤去跳舞，也沒見你煩過…

這次同時失蹤的三個年輕人皆為十八歲。

而且他們都是八月八日出生的。

咦？怎麼和大師兄的生日一樣？

噓！別透露我的真實年齡！

哇呼！

你是十八歲？八月八日八時生的？

對啦、對啦！

可是我對外都說今年十五一枝花哦！

沒想到被竊的「第四檔案」竟然就是他！

活寶公仔你不要了嗎？

咦？

送給你了！我先回去辦公啦！

包大人！我查出來啦！

哦！

第四個檔案就是烏龍院的阿亮？

我們地方刑警辦事很有效率吧！

為什麼其他三個人被綁架，唯獨他沒事？

奇怪咧！為什麼他一定要有事？

你是唯恐天下不亂嗎？

你和烏龍院的阿亮很熟吧？

那當然，他就像是我的小老弟！

你先別打草驚蛇，我要你從現在開始二十四小時，隨時監控烏龍院。

24小時監控？

你以為我吃飽很閒嗎？

我有預感那些綁匪還會回來找這「第四檔案」。

到時候我們就可以收網捕魚了。

喔！心思那麼深！難怪你能做刑部大人，我只能當個地方刑警。

咦？

包大人也蹺班去喝活寶茶！

啊！他怎麼會知道？

第 124 話

馬臉設局擒大師兄

殘佛嶺斑剝的古塔透出一陣陣殺氣

「殘佛嶺」，此地原本是紫玉山之主峰，也是煉丹師寶塔門派的根據地，後來因為興建水壩而淹没，只剩下這個山頭。

殘佛嶺！

歡迎莊主！

你想要的人已經在塔裡了。

莊主！請！

嗯～ 嗯～ 嗯～

嗚！

嗚！

嗚！

哇!

第一個就被淘汰出局…

這人長得夠壯碩,應該沒問題了吧。

這個更不行!

莊主!這個又怎麼啦?

喝酒過量,肝硬化,血脂超標猶如一顆定時炸彈,隨時可能喪命!

哼!原來是中看不中用!

沒關係，還有最後這一個。

他不抽菸也不喝酒！

雖然長相有點色瞇瞇！

應該沒有問題吧！

轉身就走？

你還沒過來檢視他呢！

最起碼他也是個陽男哪！

過來看看嘛！

莊主！

他有愛滋病，你要我吸他的血嗎？

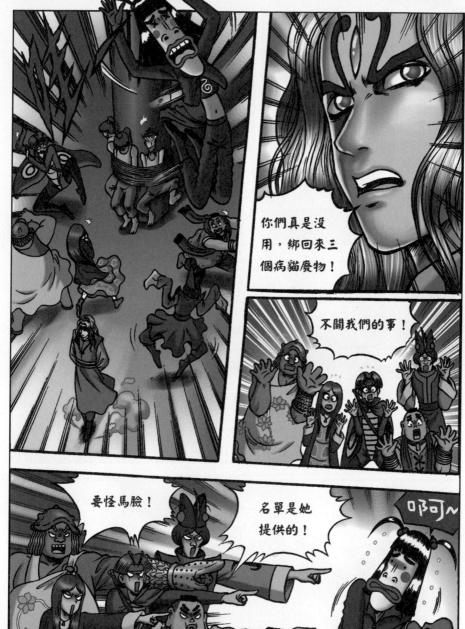

這怎麼能夠責怪我呢！

這三個人生活頹廢，應該是社會問題嘛！

真是走衰運！偏偏遇到三個爛貨！

現在只好把阿亮交出來了…

管他的！以後有了榮華富貴，還怕沒有壯碩猛男嗎？

您放一百個心！

我親自去帶一個陽男回來。

我保證，這一個肯定健壯如牛、純潔無比！

但是這些巨大的原力若是被野心分子所操控，那就非常危險了！

我認為師父就是要去找出，究竟是誰取走了活寶的原力！

嘖！你想太多了唄！

人參本來就是給人進補用的。

師父為什麼不去關心鳳梨？

為什麼不去關心西瓜？

他們還不是想從活寶的身上撈點好處…

你怎麼可以在背後這樣無禮批評師父！

你忘了「行俠仗義」是烏龍院的精神嗎？

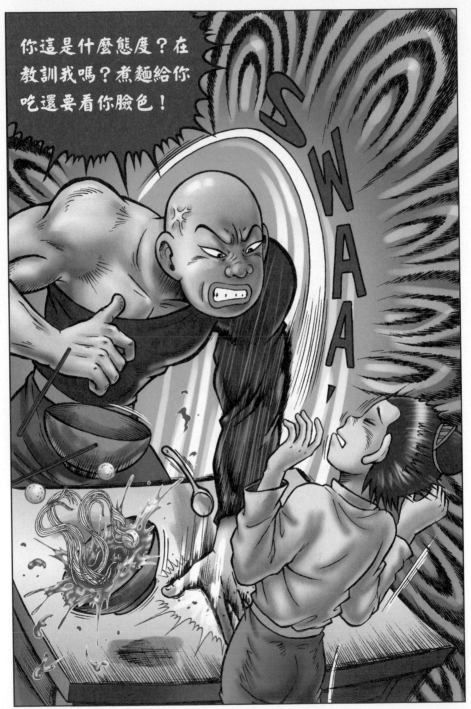

大師兄…

怎樣！

不吃你的麵總可以了吧！

我自己泡麵吃！

烏龍麵

A

不管你了！

你就三餐吃泡麵吧！

請你評評理吧！

我阿亮在烏龍院裡盡心盡力，

煮飯打水掃地洗衣…雜工粗活全是我包…

土地公…

平常被兩位師父當長工使喚也就罷了，

現在就連小師弟也爬到我頭上來！

氣

福德正神

這種鱉氣實在叫我難以吞下去啊！

真是可憐的
傻大個兒…

嗯?

……

好哇！

連你這個泥巴做的人偶也敢奚落我！

哎唷～我的亮哥哥呀，你怎麼就忘了我的聲音啦！

這聲音是…

帥哥哥～

一日不見如隔三秋，十日不見心肝糾結～

走開！

我心情不好！

SL！

唉！又不只你一個人心情不好！

我也是來跟土地公訴苦的啊！

土地公～為了活寶我又瘦了一圈～真是沒人理解我呀！

活寶又關妳什麼事了？

我得到了最新情報，活寶的原力在某個人身上，但是單靠我一個人又無法取得。

唉～實在…

哦？妳知道活寶的原力在哪裡？

SHAK!

當然知道，可惜看得到吃不到。

如果阿露姐還在的話，我們早就得到活寶啦！

我們烏龍院也正急著在找取走活寶原力的人！

土地公呀～請您指示我，現在有誰可以幫幫我呀～

有你出馬肯定成功!

嗯哼!

說得好!

活寶原力非你莫屬。

很久沒有聽到這種讚美了!

因為你是超級神勇世界無敵的大師兄!

好!我們立刻出發吧!

嘿嘿!

傻小子真好騙!

哇塞！

呀比！

包大人果然算準了！

這個馬臉嫌疑非常大！

你回去報告包大人…

好！

查清楚是什麼人了嗎？

是葫蘆幫的馬臉，蔡捕頭正在繼續跟監。

哦！

好極了！

神鷹持警隊集合！

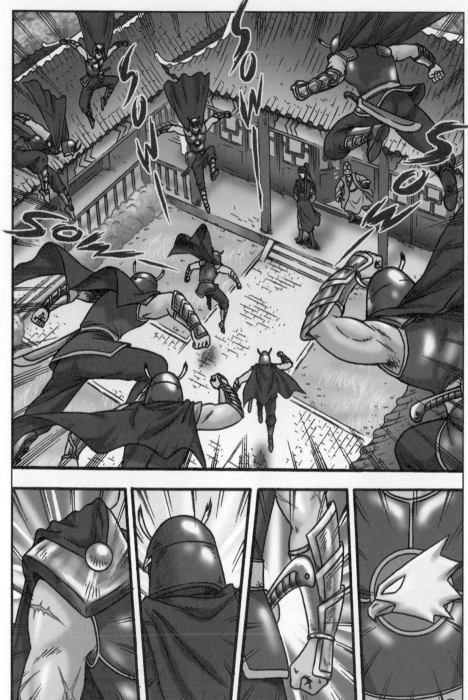

你有沒有去報告那個包子啊？

知道嫌犯的船去了什麼地方嗎？

啊！包、包、包大人!?

我一直盯著，他們朝著「殘佛嶺」去了。

準備船隻，我們追上去

快艇準備好了，隨時可以出發！

你留下來！

啊！

這件案子本座要親自偵辦！

為什麼我不能去！

你應該很明白。

那個烏龍院小子是你的朋友，怕到時候你感情用事，壞了大事…

出發！

蔡捕頭…

什麼意思啊，
臭包子怕我們
搶功勞嗎？

可惡！氣
死我了！

簡直是小人作
風，過河拆橋！

捕頭，烏龍院大師兄是你的朋友，對嗎？

是又怎麼樣？

你有沒有想過！

萬一真的打起來，包大人是不會手下留情的。

直的出去，橫的回來，那我怎麼跟兩位師父交待？

啊！對哦！

就是嘛！

我分析的沒錯吧！

PA

哇！

哎！

對不起呀！我不是故意的！

POTOM!

下集預告

　　殘佛嶺上風起雲湧，包整一箭射出了驚人的異變！大師兄成為活寶原力的新宿主，他魯莽的個性，和溫文儒雅的季三伯全然不同，活寶原力會因為宿主的個性，而產生不同的能量嗎？而大腦少根筋的大師兄，此時突然獲得了神奇之力，甚至自我比喻為是中了第一特獎，他會被這樣的力量沖昏了頭，釀出大禍嗎？

　　來到青林溫泉的大師父一行人，帶著昏迷的貓奴和沙克・陽，又會有什麼轉機呢？這個身世詭異的龐貴人，究竟是在這個山谷裡，苦苦等待著什麼人？又是誰，值得她痴心的等待呢？

　　斷壁殘垣的藥王府下起了滂沱大雨。出現在沙克・季面前的神祕女子手上拿著一本正版的煉丹聖書，她是誰？又為何會知曉這其中的奧妙呢？而在接下來的故事裡，她和家毀人亡的沙克・季，又將產生什麼樣的微妙關係？

　　《活寶》系列即將邁入最後高潮，各位讀者敬請期待！

時報漫畫叢書 FT838

活寶 16

作　　者——敖幼祥
主　　編——林怡君
責任編輯——李振豪
美術設計——溫國群 lucius.lucius@msa.hinet.net
執行企劃——鄭偉銘
董 事 長——趙政岷
總 經 理
總 編 輯——李采洪
出 版 者——時報文化出版企業股份有限公司
　　　　　　台北市10803和平西路三段二四○號三F
　　　　　　客服專線——(〇二)二三〇四—七一〇三
　　　　　　(如果您對本書品質有任何不滿意的地方，請打這支電話)
　　　　　　郵撥——一九三四四七二四 時報文化出版公司
　　　　　　信箱—台北郵政七九～九九信箱
時報悅讀網——www.readingtimes.com.tw
時報愛讀者粉絲團——http://www.facebook.com/readingtimes.2
電子郵件信箱——newlife@readingtimes.com.tw
法律顧問——理律法律事務所陳長文律師、李念祖律師
印　　刷——華展印刷有限公司
初版一刷——二〇一〇年五月二十四日
初版三刷——二〇一七年三月十七日
定　　價——新台幣二八〇元
(本書如有缺頁、破損、倒裝，請寄回更換)

時報文化出版公司成立於一九七五年，
並於一九九九年股票上櫃公開發行，於二〇〇八年脫離中時集團非屬旺中，
以「尊重智慧與創意的文化事業」為信念。

ISBN 978-957-13-5203-9
Printed in Taiwan